魔女のなみだのクッキー

黑魔法糖果店

5 傳遞幸福的流淚餅乾

作者・草野昭子
繪者・東力
譯者・林謹瓊

今天是星期天，路邊有一個小攤子。

小攤子上的招牌上寫著「美味餅乾店」。

攤位上擺放了各式各樣的餅乾，有奶油餅乾、巧克力餅乾，還有草莓餅乾和堅果餅乾。每一片餅乾都用透明的點心袋裝著，非常精緻。

寫著「每片十元」的宣傳單貼在攤位的柱子上，輕飄飄的隨風搖曳。

「看起來好好吃喔，我想買！」

餅乾店
美味餅乾店
每片
10元

「吃完午餐再來買吧！」
一對母子手牽手從餅乾店前面經過。
「看起來真是幸福呢！」
有一位頭上

頂著黑色帽子，戴著眼鏡的老婆婆，站在攤位後面，笑咪咪的看著他們走遠。

「呵呵呵，等著看吧！之後鎮上的人都會因

為吃了我做的餅乾而變得不幸。」

老婆婆賣的並不是普通的餅乾，其實她是一位壞女巫，運用魔法製作出「流淚餅乾」，想讓更多小鎮居民吃下肚。據說，吃了流淚餅乾之後，心情會變得十分悲傷，難過得流下眼淚。

「流淚餅乾已經準備得差不多了，接下來，只要再加入人類的悲傷、悔恨……這些壞心情就完成了。」

女巫露出得意的笑容說著。

「流淚餅乾一定會紅遍半邊天，就連隔壁小鎮的人都想來買！」

當老婆婆還只是魔女實習生的時候，曾經跟花店老闆的女兒小愛一起做過餅乾。

但是，也因為這樣，她被魔女老師罵了一頓，老師認為高貴的魔女不可以跟人類做朋友。在那之後，她就再也沒有和小愛見過面了。

她從魔女老師的口中得知小愛長大後，在隔壁

的小鎮開了一間點心店。

「當初要和小愛道別時，我說要做出帶給人們不幸的點心賣給大家，結果，小愛竟然說她要把能帶來『幸福感』的點心給大家吃！」

這個時候，傳來一陣拍動翅膀的聲音。

一隻烏鴉飛了下來，停在攤子的屋頂上，牠是女巫的手下。

「嘎嘎嘎！」

「什麼？你說現在正往這邊走來的那個小女孩，剛剛很不滿的在抱怨？似乎是對奶奶感到很生氣？太好了，就讓我來接收那孩子的壞心情……就是那個小女孩，沒錯吧？」

有一個小女孩怒氣沖沖的瞪著地面，走到了攤子前面。

「嘎嘎！」

突然間，小女孩被烏鴉的叫聲吸引住，於是抬起

頭四處張望。

「想不想買好吃的餅乾呀？」

小女孩聽見女巫這麼問，於是瞥了攤子一眼，接著馬上又將目光收了回去。

「我現在沒有吃餅乾的心情。」

「哎呀！那妳現在有什麼樣的心情呀？是不是感覺看到什麼都不順眼呢？」

小女孩用力的點點頭。

「我剛剛去奶奶的店裡想跟她聊天，但是她卻說她現在很忙，晚一點才能跟我說話。」

原來小女孩的名字叫做理子，她現在的樣子，看起來有點難過。

「妳奶奶是做生意的嗎？」

理子點點頭，

她告訴女巫，奶奶

在前面那座公園裡開了一間點心店。

「在我上小學之前，奶奶常常在家裡陪伴著我，她總是會念故事書給我聽，還會帶我一起去買東西呢！」

等到理子上了小學之後，奶奶便開始經營點心店。

「因為客人絡繹不絕，奶奶每天都好忙碌，所以都沒有休息。」

理子的表情相當落寞，感覺她非常失落。

「哼！如果客人能變少一點就好了！」

理子說著，用腳尖踢了地面一下。

女巫心想：「呵呵呵，她從落寞轉為憤怒了。」

接著，女巫說：「我明白妳的心情了，都是因為

奶奶，妳才這麼難過、落寞和生氣，對吧？」

理子點點頭。

於是，女巫對她說：

「對了，我有一個能讓妳開心起來的東西喔！」

女巫一邊說，一邊從攤車下方拿出了一個透明

的玻璃瓶。

「哇！好漂亮呀！」

理子雙眼一亮，

忍不住驚呼。

玻璃瓶裡面裝著許多晶瑩剔透的小圓珠，有粉紅色、淺藍色和黃色，閃閃發光的樣子非常可愛。

「這些是用來裝飾餅乾的小圓珠，今天特別優待妳，只要花十元買一片餅乾，就能免費獲得裝飾小圓珠喔！」

理子聽完後，隨即露出了失望的表情，轉身準備離開。

「可是我的身上沒有錢。」

這時，女巫急切的說：「那就免費送妳吧！」

好不容易有機會能製作出流淚餅乾，可不能就這麼

錯過了。

「湯匙放到哪裡了呢？」

烏鴉馬上銜著湯匙出現，並將湯匙扔進玻璃瓶中。

理子驚訝得目瞪口呆。

「這隻烏鴉是妳的寵物嗎？牠好聰明呀！」

女巫笑著說：「牠不是我的寵物，是我工作上的助手。」

「畢竟女巫要做的事情太多了，我一個人根本忙不過來。」

「咦？女巫？」

女巫輕輕動了一下手指，一片餅乾從攤位上飄浮到空中，又慢慢的飛進女巫的手裡。

這個情景讓理子大吃一驚，愣在原地好一陣子。

「妳不用這麼害怕，因為我是一個好女巫，只是想幫妳一點忙。」

女巫打開餅乾的包裝袋，再拿起湯匙伸進玻璃瓶中，舀出一匙小圓珠倒進餅乾袋子裡，最後，用膠帶封住了袋子的開口。

「這裡面有三種顏色的小圓珠，妳只要輕輕搖晃袋子，同時說出三種壞心情，重複這個步驟，就能做出流淚餅乾了。」

「流淚餅乾？」

女巫點點頭回應：「沒錯！」

「妳的奶奶只要吃了流淚餅乾，內心就會充滿了妳說出的那些壞心情，然後流下眼淚。」

當女巫叫理子把流淚餅乾拿給奶奶吃，理子卻連忙搖頭拒絕。

「我不想要這個……因為我最喜歡奶奶了！」

「不用顧慮太多，只不過是讓奶奶跟妳擁有一樣的心情罷了，因為她現在完全不懂妳心中的難過呀！」

女巫將流淚餅乾遞給理子。

「來吧，用這片餅乾把妳的壞心情傳達出去。」

「傳達出我的壞心情……。」

理子陷入了認真的思考之中。

「而且呀！抱著壞心情做出來的點心會很難吃，所以奶奶接下來做的點心肯定賣不出去，這樣店裡

的客人就會變少了喔！」女巫把臉湊到理子面前，像是在講悄悄話似的輕聲說道。

「這樣的話，奶奶就能像從前一樣，常常跟妳一

起聊天，陪你一起玩了呀！」

看見理子遲疑不定的伸出手，女巫迅速的拋出流淚餅乾，餅乾落到理子的手中。

「小妹妹，妳現在是什麼心情呢？」

「嗯……難過、失落，還有一點點生氣。」

「很好，現在試著重複念出這三種壞心情，一邊念一邊搖晃袋子。」

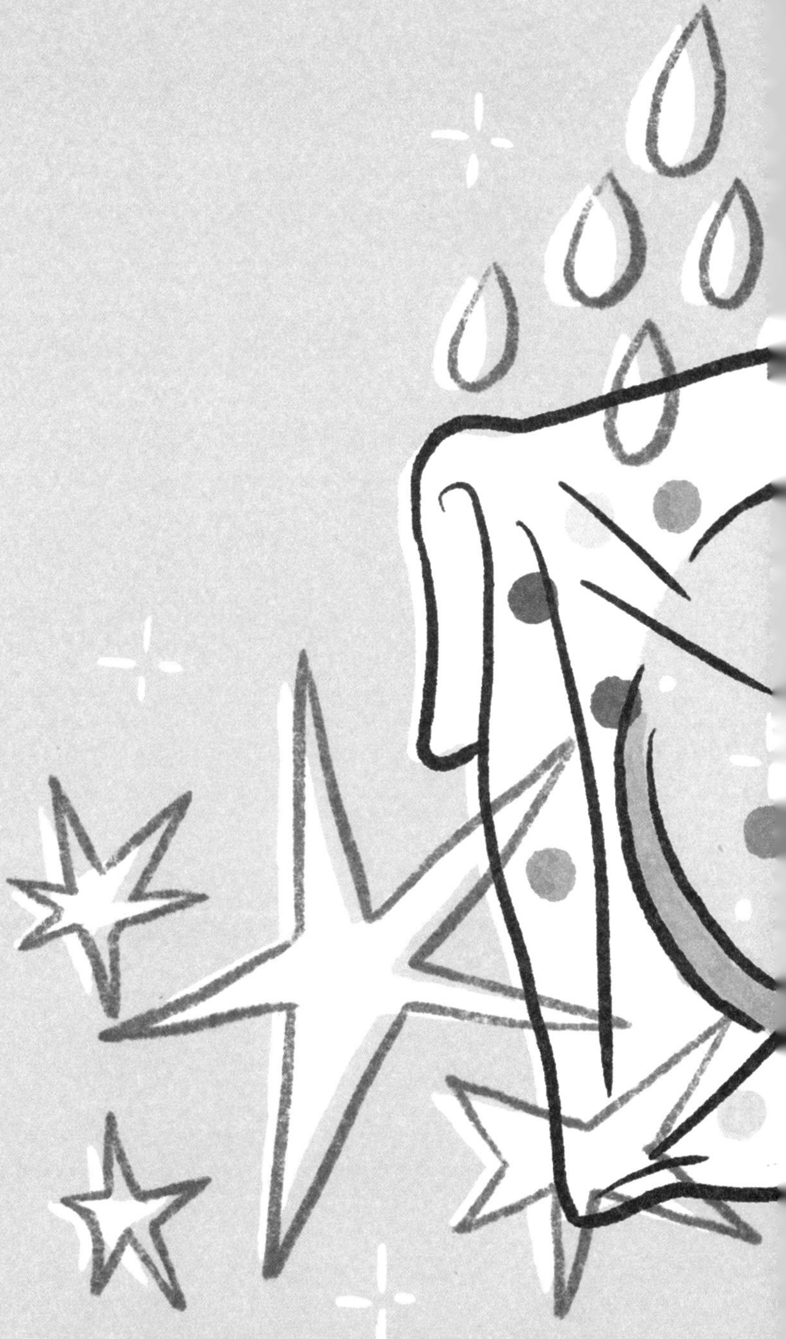

理子點點頭，開始輕輕搖晃餅乾袋。

「難過、失落、生氣……。」

「刷——刷——！」

從餅乾袋中傳出了小圓珠滾動的聲音。

「難過、失落、生氣……。」

「刷——刷——刷——！」

不斷重複這個過程好幾次之後，小圓珠發出的聲音越來越小，最後完全聽不見任何聲音了。

「好，可以停下來了。」

袋子裡的小圓珠已經全部附著在餅乾上了，現在的餅乾模樣就像一個貼滿小寶石裝飾的胸針。

「快點把餅乾送給奶奶吧！」

「好！」

女巫目送著理子離開的背影，臉上露出微笑。小圓珠的數量越多，心情就會變得越不好喔！

「嘎嘎——！」

烏鴉也跟著發出了叫聲。

「烏鴉，跟在那女孩後面，看看她的奶奶吃了流淚餅乾後有什麼反應。」

「嘎——！」

烏鴉迅速的往前飛，緊緊的跟在理子身後，逐漸遠去。

理子走到奶奶的點心店門口，她先將餅乾藏在裙

子的口袋裡，然後慢慢的走進店裡。

「咦？理子妳怎麼來了？」

奶奶在店內的廚房裡，看來又是在忙著製作點心。

「那個……我在想有沒有什麼我能幫忙的地方。」

「太好了！這樣我就輕鬆多了。」

因為理子從來沒有幫忙過店裡的工作。

因為一直有客人上門買點心，所以理子始終找不到空檔將餅乾送給奶奶。

理子忙著將各種點心整整齊齊的排在檯面上，協助客人拿取他們想買的點心，有好幾次把口袋裡的餅乾拿出來，卻又放了回去。

「理子好乖呀！

這麼認真幫忙。」

「真了不起！」

每當理子聽見客人稱讚自己的時候，內心都感到有些欣喜和激動。

店內沒有客人的時候，理子會幫忙

打掃，或是一邊休息一邊跟奶奶聊些學校的事情及朋友的話題。奶奶也會在洗碗或整理用具的同時，帶著喜悅的表情傾聽理子說話。

現在，理子接待客人的技巧也變得很熟練了。

奶奶會把裝入點心的紙袋拿給理子，由理子遞給客人，然後兩人一起說：

「感謝您的惠顧！」

客人也會笑著回應「謝謝！」

「我很喜歡這家店的點心，真的很好吃！」

聽見客人的讚美，理子總是會有一種彷彿是自己被稱讚的感覺。

有許多客人前來買點心，是拿來當作給朋友的贈禮或給家人的伴手禮。理子相信收到點心的人一定會感到無比開心。

原來……點心是能夠向別人傳達幸福感的東西呀！

奶奶對理子說：「時間不早了，妳先回去吧！對了，妳可以挑一片架上的餅乾帶回家吃，謝謝妳來

店裡幫忙。」

理子這才想起來，完全忘了要送流淚餅乾這回事。她摸了摸口袋，不知不覺間，難過、失落和生氣這些壞心情已消失得無影無蹤了。

「畢竟女巫要做的事情太多了，我一個人根本忙不過來。」理子想起了女巫曾說過的話。

「奶奶也是一個人在經營點心店，肯定也一樣忙得分身乏術。那麼，我以後要常常來店裡幫忙。這樣就能一邊幫忙，一邊跟奶奶聊天，而且，聽見奶奶跟客人對我說謝謝，也讓我超級開心的。」

「我根本不需要什麼流淚餅乾。」理子默默在心裡做出了決定。

就在這個時候，理子發現窗外有一個晃動的黑色身影，原來是烏鴉徘徊在窗外。當理子與烏鴉四目相接，牠朝著理子用力揮動翅膀。

那是女巫的烏鴉，牠的動作像是在催促理子趕快把流淚餅乾送給奶奶。

理子從口袋裡拿出流淚餅乾，又拿了一片奶奶店裡的餅乾放進口袋當中。

「奶奶再見！」

理子向奶奶道別之後，便走出了點心店。

「我果然還是不需要這個餅乾，請拿回去吧！」

理子將流淚餅乾放在烏鴉的腳邊

後，就邁步回家了。流淚餅乾已經變成碎片了，應該是因為理子將它從口袋裡拿出來又放回去，並緊握在手中。

烏鴉嘆了一口氣，叼起腳邊的餅

乾，振翅起飛。

當烏鴉飛到公園上空的時候，餅乾碎片從袋子裡紛紛掉了出來，只留下一個空的包裝袋。原來是用來封口的膠帶脫落了，眼看著好幾片餅乾碎片掉進了樹林，烏鴉趕緊朝那裡飛過去。

這時，女巫正在公園裡散步。

因為等了很久，烏鴉都沒有回來，所以女巫決定自己走到理子奶奶的點心店探查情況。沒多久，女巫

便找到了開在公園內的點心店。

「烏鴉根本不在這裡呀！真是的，到底在做什麼？」

女巫透過玻璃窗往店裡看，在小小的展示櫃上擺放著年輪

蛋糕、馬芬蛋糕、磅蛋糕，每一個看起來都令人垂涎三尺，想買回家享用。

「喔，這裡也有賣各式各樣的餅乾呢！一片十元，跟我賣的價格一樣。」

店內也有販售一片一片用點心袋裝起來的餅乾，看起來就跟女巫攤子賣的餅乾沒什麼兩樣。

在店裡深處，有一位戴著白色帽子，身穿白色上衣的老奶奶正在忙忙碌碌的辛勤工作。

「那應該就是理子的奶奶了。呵呵呵，她現在肯定是一把鼻涕一把眼淚，哭得停不下來吧！」

女巫想看得更仔細一點，於是走進了店裡。

「歡迎光臨！」老奶奶從店裡走了出來並打招呼。

這時，女巫差點忍不住大聲驚呼。

「咦？妳該不會是小菊吧？」老奶奶驚訝的問。

「妳……妳是小愛嗎？」女巫也訝異的回應。

沒想到，老奶奶竟然是那個多年前曾找她一起做餅乾的小愛！

小愛該不會已經把流淚餅乾吃下肚了吧？

「果然是小菊沒錯！自從孫女出生之後，我就搬到這個小鎮來了。沒想到小菊妳也住在這裡，真令人驚喜！」

小愛還是跟小時候一樣，總是面帶微笑，看起來

一點也不傷心難過。

太好了，看來小愛並沒有吃流淚餅乾。

「小菊，妳是特地來找我的嗎？」

但是小菊卻用力的搖搖頭，急忙的否認回應：「才不是呢！」

「我……只是剛好路過，想要順路買個點心而已。」

小菊隨手拿了一包展示櫃上的餅乾，從口袋拿出錢包，掏出十元放在收銀機旁邊。

接著，她便迅速的

打開店門，走出點心店。

「小菊謝謝妳，下次再見喔！」

身後傳來了小愛的道別聲。

女巫回到家以後，將買到的餅乾放在桌子上，陷入了茫然的思緒

之中，不知不覺間，眼淚就這樣撲簌簌的落了下來。

事情怎麼會變成這樣，她差一點就害小愛變得不幸了。

小愛曾說過：「小菊是我的朋友。」

「小愛是這世界上唯一把我當朋友的人啊！」不管再怎麼用手帕擦拭淚水，女巫的眼淚還是無止盡的流下來。

「對了，吃吃看小愛做的餅乾吧！」

「小愛的餅乾一定會為我帶來幸福的感覺。」

就在女巫將餅乾從包裝袋中拿出來的時候，烏鴉從窗戶飛了進來，停在女巫對面的椅背上。

「嘎嘎——！」

「哎呀，怎麼回事？你也在哭嗎？如果是為了流淚餅乾的事情，別擔心，我不怪你。」

烏鴉搖搖頭。

「嘎嘎嘎！」

「你說什麼！你把流淚餅乾的碎片叼在嘴裡，卻不小心吃下肚了？」

烏鴉的眼眶裡充滿淚水。

「唉！真拿你沒辦法。」

女巫將小愛的餅乾掰成兩半，一半分給烏鴉吃，另一半則自己吃掉了。

「真是美味！」

小菊感受到了小愛想傳遞幸福給每一個人的那份心意。

「嘎！」

烏鴉也因為女巫分給牠一半的餅乾，而體會到了小菊的溫柔。
終於，女巫與烏鴉
都不再落淚。

◎作者／**草野昭子**

畢業於日本福岡女子短期大學音樂科。曾榮獲第32屆福島正實紀念SF童話獎第一名的殊榮。以首部作品《妖魔鬼怪路正在施工中》榮獲第49屆日本兒童文學者協會新人獎。主要著作包括《三年三班黑板上的花太郎》等作品。

◎繪者／**東力**

生於日本大分縣。畢業於日本筑波大學藝術專門學群視覺傳達設計科。二〇〇四年參加第5屆PINPOINT繪本比賽，榮獲優秀獎。二〇〇六年出版《搭娃娃船上學去》，並以繪本作家的身分正式出道。主要著作包括《放學後的大冒險》、《我現在幾歲了？》、《我的紙飛機》、《爺爺的船》、《媽媽快來接我下課！》等作品。

◎譯者／**林謹瓊**

諳日、韓文，曾任出版社編輯，現為專職譯者。翻譯著作有《為什麼喜歡媽媽？》、《善良的博美犬》、《原來的你最棒了》、《0～3歲酷比小熊好習慣繪本》、《動物巴士系列》等。

故事館 049
黑魔法糖果店5：傳遞幸福的流淚餅乾
魔女のなみだのクッキー

作　　者	草野昭子
繪　　者	東力
譯　　者	林謹瓊
語文審訂	張銀盛（臺灣師大國文碩士）
副總編輯	陳鳳如
封面設計	張天薪
內頁排版	連紫吟・曹任華

出版發行	采實文化事業股份有限公司
童書行銷	張惠屏・張敏莉
業務發行	張世明・林踏欣・林坤蓉・王貞玉
國際版權	施維真・劉靜茹
印務採購	曾玉霞
會計行政	許俽瑀・李韶婉・張婕莛
法律顧問	第一國際法律事務所　余淑杏律師
電子信箱	acme@acmebook.com.tw
采實官網	www.acmebook.com.tw
采實臉書	www.facebook.com/acmebook01
采實童書粉絲團	https://www.facebook.com/acmestory/

ＩＳＢＮ	978-626-349-652-1
定　　價	330 元
初版一刷	2024 年 6 月
劃撥帳號	50148859
劃撥戶名	采實文化事業股份有限公司 104台北市中山區南京東路二段95號9樓 電話：(02)2511-9798　傳真：(02)2571-3298

國家圖書館出版品預行編目資料

黑魔法糖果店 . 5, 傳遞幸福的流淚餅乾 / 草野昭子作 ; 東力繪 ; 林謹瓊譯 . -- 初版 . -- 臺北市 : 采實文化事業股份有限公司 , 2024.06
96 面 ; 14.8×21 公分 . -- (故事館 ; 49)
譯自 : 魔女のなみだのクッキー
ISBN 978-626-349-652-1 (精裝)
861.596　　　113004655

采實出版集團
ACME PUBLISHING GROUP